北岳诗库

孔令剑
— 主编 —

途　　　中

HE XIN
WORKS

合心 ——————————— 著

山西出版传媒集团　北岳文艺出版社

·太原·

图书在版编目（CIP）数据

途中 / 合心著． —太原：北岳文艺出版社，2018.5
（北岳诗库 / 孔令剑主编）
ISBN 978-7-5378-5608-9

Ⅰ．①途… Ⅱ．①合… Ⅲ．①诗集－中国－当代 Ⅳ．①I227

中国版本图书馆CIP数据核字（2018）第 097932 号

书　　名：途　中
著　　者：合　心
策　　划：续小强
责任编辑：王宜青
书籍设计：张永文
印装监制：巩　璠

出版发行：山西出版传媒集团·北岳文艺出版社
地　　址：山西省太原市并州南路57号
邮　　编：030012
电　　话：0351-5628696（发行部）
　　　　　0351-5628688（总编室）
传　　真：0351-5628680
网　　址：http://www.bywy.com
E - mail：bywycbs@163.com
经 销 商：新华书店
印刷装订：山西万佳印业有限公司

开　　本：890mm×1240mm　1/32
字　　数：120千字
印　　张：5.375
版　　次：2018年5月第1版
印　　次：2021年1月山西第2次印刷
书　　号：ISBN 978-7-5378-5608-9
定　　价：37.00元

本书版权为本社独家所有，未经本社同意不得转载、摘编或复制

策划人语

"诗歌出版"是北岳文艺出版社的重要传统。前有"黑皮诗丛",后有"天星诗库",皆为中国当代诗歌杰出诗人之重要出发地。更有"外国名诗珍藏",如今依然为广大诗歌爱好者所珍赏。

"北岳诗库"赓续如此光荣传统,其目光聚焦山西诗歌这一繁盛沃土,其旨在于不间断展示山西诗歌创作实绩,更瞩望为山西诗人造一清静小园。

"北岳诗库",是我们探求共建共享出版模式的开端。大风吹宇宙,红日照高山。祈愿"北岳诗库",如恒山一般,巍然耸立。

续小强
2018 年 2 月 2 日

目 录

第一辑　途中

"亲爱的，外面没有别人"　／ 3
卡布其诺　／ 4
寒枝拣尽　／ 5
琉璃白　／ 6
低处的表达　／ 7
可以　／ 8
从出生开始　／ 9
前方，有座城　／ 10
冰雪的裂纹　／ 11
途中　／ 12
倒退的风景　／ 13
街道口　／ 14
平遥·城墙　／ 15
平遥·凝视　／ 16
平遥·古陶　／ 17
碎石　／ 18
河流　／ 19
秋风　／ 20

凡·高　　／21

以诗的形式　　／22

言说　　／23

消逝或存在　　／25

自言自语　　／26

偶然　　／27

返乡者　　／28

喜悦者　　／29

神圣者　　／30

路途　　／31

持存　　／32

冰雪覆盖的河流　　／33

其实　　／35

秋天之上　　／36

九月　　／37

葫芦　　／39

一个女子的"江心洲"　　／40

我看到的官道梁　　／42

放逐　　／44

第二辑　那一缕光

遮蔽的容颜　　／49

那一缕光　　／50

灯　　／51

一首诗，容不下任何虚假　　／52

初夏，遗落一地光影（组诗） / 53

距离 / 55

仰脸，触到了你眼中的荒凉 / 56

我熟知这里的每一道小坡 / 57

我看见词语在心底燃烧 / 58

你的笨拙，如芒 / 59

行走或者安静 / 60

落雪 / 61

句点 / 62

晨 / 63

紧贴山坡的积雪 / 64

薄薄的白霜 / 65

"懂得事物的情致，就懂得了物之哀" / 66

秋天的心事是被风吹起的 / 67

疾风中的马（组诗） / 68

我的村庄（组诗） / 70

多年以前 / 73

光 / 74

选择，或被选择 / 75

光影 / 76

中年 / 77

有些事情，你只能安静地等 / 78

碰撞（组诗） / 79

当一切平静下来 / 81

夜 / 82

第三辑　失语者

黝黑的缄默　　/ 85

一切只是独白　　/ 86

失语者　　/ 87

浮世　　/ 88

沉默　　/ 89

无题　　/ 90

时光是白色的　　/ 91

末　　/ 92

门　　/ 93

此心安处　　/ 94

思乡曲　　/ 95

沉思曲　　/ 96

欲望　　/ 97

孤独之上　　/ 98

盐粒或者血液　　/ 99

密码　　/ 100

单行线　　/ 101

第四辑　词语的边缘

词语的边缘（组诗）　　/ 105

度　　/ 108

现场（组诗）　　/ 109

平安扣　　/ 113

存在 / 114

封面上的女人 / 115

秋风起 / 116

具有风骨的事物（组诗） / 117

放大的空白 / 119

蒹葭心 / 120

曦 / 122

暮色 / 123

断弦的耳朵（组诗） / 124

多，或者少 / 127

日光之下 / 128

春初 / 129

边缘 / 130

镜子 / 131

佛·人间 / 132

包裹 / 133

风景 / 134

人间最赤裸的风景莫过于冬天 / 135

靠近 / 136

遥想山樱之时 / 137

茑萝 / 138

荒芜中的茅屋 / 139

背景 / 140

良景 / 141

漫步者 / 142

包括 / 143

梦或现实 / 144

冬日随记 / 145

想象着 / 146

1950 / 147

一个人的好天气 / 148

春逝 / 149

寒露 / 150

雨水 / 151

我喜欢你是明亮的 / 152

小对话(代后记) / 153

第一辑 途中

"亲爱的,外面没有别人"

你一再提起镜子
你说,里面是你,外面还是你
你的过往,未来,他或者她

我一直期待相遇
从意识诞生到呱呱坠地
从他(她),你,到我自己

卡布其诺

午后的思绪回到那年的北京
咖啡厅,深褐色的沉默
染上风寒的玻璃杯中
升不起彩虹
雨不停,雨不停啊
每一滴都是卡布其诺的味道
数年后的今天
卡布其诺和一首老歌空中飘过
狂舞,回忆,又忘记

寒枝拣尽

夜深时,镜前轻触
她的身体,她的想念
笑着说起门前的小河
和满是星斗的夜空
她不停俯拾,与事物凉薄相对
空旷之处是她停留的地方
当寒枝拣尽,她只与光阴对语
光阴穿透了所有的忧伤

琉璃白

1

是天空脱落的羽翼
是沉默开出的小花
是碎步而来的月光
是吹散的一段对白
经过渐行渐瘦的诗行
它在北方,紧靠着盛大的秋天

2

此刻,我只想用清浅描述
初雪未褪。无杏花,无暖风
就这样停靠天空
沉寂,思,隐去离殇
于微光中觉醒

低处的表达

1

草莓正长出第四片叶子
爸爸的毛衣织了一半
诗稿散落在地,书越垒越高
步入中年的日子啊
越翻越薄

行走于低处
像一株结不出果实的草
只有叶尖悬挂的一滴露水
可以摘下来
从这边,看到那边

2

留白的光阴凝在叶尖
我依然走在芊绵的秋天里
学着放慢语速,放慢内心的起伏
气息连贯,却无法字正腔圆
望着低下来的沉默
我也低下来,仰望
却不妄自菲薄

可 以

可以省略言语
眼神也一并隐去
不再看时光削薄的脸
心跳,是一簇未熄的火
可以烹制一日三餐和午后甜点
可以不再拔掉生长的白发
那银色的光芒
丢不掉的一个个过往

从出生开始

从零起
数到五十、六十
我需要指引
需要在可数的时日里
重温或预习自己的人生历程
再用一个月的时间
剔出诸如
意志，人格，障碍的骨骼

前方，有座城

摘了镯子躺下
被当作静物推进机器
光线暗下来，越来越黑
我只能左手紧紧握住右手
想一些温暖的人或物
想你，想她，想我年老的妈妈
想明天的泪水落下来
打湿了一座新起的坟

一件无法摘下的佩饰
在体内挣扎，燃烧
它，见证了一个女子
在尘世的爱与痛
它关乎物，关乎存在和虚无
关乎灵魂的完整或残缺
"前方，有座城"
明亮的声音
一粒粒落进机器里
黑暗中，火车的轰鸣
也一粒粒落下来

冰雪的裂纹

把一些词语
连成想对你说的话
把一些花瓣浸入水中
粉的紫的,再揉进桂花的香
用阳光冲泡,然后轻轻混合
窗外,空气很稠
一些念想停在半空
上面是风,下面是水
还有一圈圈
轻的淡的,不着痕迹的涡流

途 中

不去想所谓生活的结局
清风流云般往返于晨曦暮色
或者将自己当作一株狗尾草
开极小的花,缀在道路两旁
它倾斜的方向
就是我要抵达的远山
时光易碎
每一条褶皱就是一条河流
我也是其中的一条
慢慢晃动出
秋天空寂的味道

倒退的风景

倒退的风景中总有一树火红
惊艳了乏味的旅程
青山蜿蜒,一山挽着一山
有时,视线被对面的列车遮挡
思绪跳脱。你依旧在喧嚣里
人声、车轨声摩擦碰撞
此时,一缕炊烟也会吸引你
豆大的人影在山间
他们手中挥动的是犁还是镰
一排排倒"U"型门的背后
又有谁在居住

街道口

1

周围的人多起来
弹吉他的诗人坐在窗口
风吹着黯淡的天
梧桐很高,遮挡了仰起的脸
清凉,安静里流淌

2

剧场的台阶很空
酒吧外墙上有粉红的女郎侧卧
从头到脚,勾画的全是欲望
听不到琴声和酒后绽放的语言
一枚雨水打湿的树叶
划过了我的脸颊
月亮在街灯身后
我走在不知名的酒香里
看时光摇晃出一个个春天

平遥·城墙

再用力凝望
也穿越不了时光
任旧迹斑斑的句点滑过
没有马儿嘶鸣,没有弩箭擦肩
这些砖墙的罅隙里
究竟藏积了多少历史的尘埃
我,一个穿旧衣的女子
不会骑马拔弓
窗前,青色绣布上
一只鸟,几枝桠

平遥·凝视

经年的沙砾
随雨水一起落入护城河
振臂高呼,剑拔弩张
西周,春秋,战国,秦西汉
我没有细数这一日
到底经过了多少城楼垛口
站在一隅
远方,一片青色弥漫

平遥·古陶

无法将你双手托起
端详一件古陶般,伫立
怎样的泥和火
让你方方正正经过千年
瓦当门环,映像中的面庞
我的视线
终究跟不上一缕起伏的光

碎 石

秋日,山中
除了燃情的黄栌
还有碎石
它们拥挤或扩张
让你误认为
风正缓缓吹开林中之路
轻轻开启着大地之门
一个众生隐匿之所

河 流

即将来临的黑夜
是你经过的最长隧道
景物统一着色
只有你乘坐的列车
像一条细细的小蛇
披着鳞衣,慢慢扭动在山间
如果有河流
它们或许会将彼此当作同伴
欢快,奔腾

秋 风

转身,你从一个季节中来
不知道身后紧随的是不是你说的秋风
记住一个人,从一首诗开始
不需要言语对白什么距离
我只说:记着你,模糊的身影
就像记着夏天里的一片树荫
行走中总要经过阴影
有的人继续走,有的人停下来
而我一直站在自己的影子里
画雨水,画夜色
从没像你那样,说一说再见
我的再见哑然,就像我的秋风
是凉砌起的凉
"秋风起了,绝望就少了"
一遍遍重复着,棉麻斜铺在季节上
我看到的秋风,让胶片的黑
跟着落叶四散地逃

凡·高

1

光,旋转出一个个涡流
淹没了树木,教堂
头发不停地长
沿着灵出走的方向
生长的还有忏悔和祈祷
体内,小兽在奔跑

2

画中的向日葵
怎么看都是你的脸
眸子深处绵延着蓝天和大海
墙壁上,两朵金色的花
一朵微笑,一朵沉默

以诗的形式

在海的蓝色宫殿
你看到的物,某种意象
和并不熟知的存在
静止,或流动
感知中,还有你看不到的
你迟疑谨慎的造访
似遥远的陌生者
激越的海浪,美的风暴上
我惊奇那些象征的迷雾
就像惊奇生或者死
在一个灵中旅行
堕入他前额的明亮
蓝色之上,洁白是寂静的
你无法捕捉全部的浪花
诗在诗的宫殿里,显或者隐
我在一个中介者的记录中漂浮
就像空气中某个微小的碎片

言 说

——致弗兰兹·卡夫卡

1

你已经死去九十年了
这封信,和以后的每一封
写给你,再适宜不过
活着的人不停地付出爱或责任
还要不停地获得爱或责任
这两个词,我无法辨别清楚
我们一直将脸面向自己的内心
倾听词语一个个跌落下来

2

不需要再解析什么疼痛
关于生活,或者祖国
从词语到句子
每一天,都是黄昏
山体和云朵阻拦着光线
我们长途跋涉,却无法满足
我们近在咫尺,却又远隔重洋

3

我度过了怎样的一天
我不得不和这些词语纠缠
想写信，却没有具体的收信人
"写作是一种甜蜜的美妙报偿"
该怎样理解这种报偿呢
是内心的魔鬼和天使
是灵分裂的声音
是行走在人群却无法丈量的距离
除了索米痛
没有什么可以拯救我

4

焦虑与担忧
一齐拥堵在通往凌晨的路上
很久没说话了
完全敞开自己说话
时光，夜空，孤寂
涂抹着四周
它们都是一样的颜色

消逝或存在

——致罗丹

风暴经过时
你将躯体流放在了人间
那些生活的场景,时光的碎片
与原始的神秘联结咬架在一起
成为你的指尖之物
无不呈现出面孔的样子
它们的诞生,将会产生些什么
城堡,玫瑰花瓣上的阴影
黑暗中熄灭的萤火
无法存留、即将消逝的
成为面孔之上的永恒
以物的坚硬的形式
在你面前
我不停折叠着言语的羞愧
你一直安静行走
在谦逊这条漫长的乡间大道上

自言自语

宁愿把这些诗行看作溪流
一条挨着一条
它们的名字叫作
小欣喜,小憔悴和小寂静
贯穿现实和文字
连结互不相识的你和我
路上,如你我平凡的人很多
有小纷争,小虚荣和起伏不定的夜色
生活的场景,就是石头上的一茬茬流水
有些生了锈,有些潜伏着
还有些坐着火车穿过了山林隧道

偶 然

一个向北,一个向南
回首成影的天空里
偶然,是一缕蓝色的风
落在紫薇山的山肩上
你站在四月
走过你,就走过了
晃悠的木船,淡青的薄雾
光影斑驳的庭院

返乡者

当四季沉于脚下
天际遥远,山水依旧
灵魂裸露成了沙砾
再不需依附什么
掩埋或扬起,全于一念
风,每一次起落
一个身体越来越小
一个渐渐堆积成山

喜悦者

我们通过词语
并在词语体内开敞
远山,青草
明亮活泼
暗示者的黑袍上
滑下语言的精灵
纯粹如你
我们怀抱它们
现身自然
天空,深渊相连

神圣者

以古老或重生的形式抵达
被命名为词语或者作品
囚禁,遗忘,奴役或抛弃
当火焰露出最初的光芒
灵的气息在漫游
宛如寂静之中
燃烧的远山和白雪

路 途

没有经过炙烤的词语
轻盈澄净
幻化成叶尖的露珠
它在等待一场天空之火
或许还要一杯烈酒
才能抵达
黑夜,遮蔽了白昼
返乡的路途
充满幽幽的光芒

持 存

乘坐词语的小舟
我们相遇在生活的浪涛之上
接纳,并忠诚于现实
深霾下
乡愁沉重,爱情隐匿
当河流汇入大海
词语的光辉洒在水面
纯真者收获奇妙和追忆
风,轻拂着
你和你的影子

冰雪覆盖的河流

1

山巅之处
在她冰冻的腹体上
我细数过那些白色的呼吸
是不是当初脚步太沉
踏醒了她的旧疾
每到春季，乍暖还寒时
我被召唤，一次次来到这儿
重复的一幕：
湖面上
一个苍白的身体正在低数
即将喷薄而出的水珠
水的另一侧
类似的身体，类似的神情

2

管涔的冬日，一分为二
浓绿的缄默，和山路并行
耳语者沉睡在林间
蜿蜒的是

我们越来越深的目光

河流之上，除了天鹅野鸟
还有踱步的时光
我无数次漫步在这里
将自己想象成
一株低低的苇草

其 实

其实,可以慢些
每一日当作一年,每一晚又是一年
每一分钟,当作一日或一夜
每一个动作,一句话和每一次的注视
放慢一首诗的诵读,将词语轻轻地拆解
每一撇,每一捺,都是一首绝唱
其实,还可以慢些
滴水,研墨,用狼毫收集
枝叶和你额头走过的每一缕光
其实,还可以再慢些
让沉默,最终遇上沉默
成为黑
密实地透不过一丝风来

秋天之上

不是说人迹罕至处不是现实
是时间太短
来不及再看一眼天空的湛蓝
来不及伏在山的胸口
一路,除了自己越来越重的喘息
还有溪流,风
此时,你总会忽略一些声音
比如,野蜂嗡嗡而过
牛蝇乱舞时,牛背上的人正仰脖痛饮
步伐越来越醉
未达山巅,我的目光就已迷失
草,和山一样站起身来
站在秋天之上

九 月

1

山里的云朵纯白空灵
一些想象忽远忽近
一度把眼前的一切当作梦
轻语或欢笑
都是我们沓沓而过的足音
一只山梨落下来,骨碌到脚边
我一直握在手心,想握出它的甜
还有那些错喊的果实,是否也是甜的

2

九月,野山楂已经长成
不用踮脚就可以摘下来
放在舌尖,微涩中带着一缕香甜
它不像江南的红豆杉,果实长在高处
我只能看着苔藓淡淡的表情
野山楂恣意地红,像碎步的心跳
像纸上虚构的一场爱情,结尾总是唯美的
而路的尽头,天空终会暗下来
这些果实也会褪色
留下小小的干瘪的躯壳

3

白发渐生时
秋天也可以成为一个圆
圆里画忧伤
画一张微笑的脸
今年的秋天
是一座攀登过的山
是山顶稠实的白云
是夜里牵着你的一束光

葫 芦

把葫芦当作花
它看着我,我看着它
一些思绪就这样密封在了昨天
今天,葫身又添了几个斑点
无序地排列,那是时光渗出的痕
安静时,数白天数黑夜
数走过的一个个路口
然后把这些数字捆扎好
装进一样安静的秋天

一个女子的"江心洲"

十年时间
江心洲上可以安一个家
那么我们刚刚相认
要一起走很久很长的路
我们的城市没有江海
只有一条叫作汾河的支流
六百多种河滩植物
可以作你我今生的影子
会有许多流浪狗经过
眼里都画着并行的足迹
我们的河上没有那么富足
没有女子怀里的油菜花和货轮
没有影响气候的爱情
相依前行,把芦苇丛当作栖息地
两只没飞走的候鸟停在水上
面朝刚刚到来的秋天
这个年龄不再适合幻想
走近一个女子的江心洲
从山西、齐鲁,再到江南
从山林,到楼阁寺亭

一路芦蒿、油菜花和灌木丛
它们静静地看着我
一个来自北方行将干涸的面孔
江边的空房子还在
掩在绿草之中
推开门，一屋月光静默

我看到的官道梁

1

你说,一条蚯蚓就是一节河流
沾满官道梁的泥土蜿蜒而去
我看到的官道梁
是一段段文字和思想的串联
带着36伏的电压和四季的温度

你说,一条蚯蚓就是一截时光
嵌入大地的无常,它也会断成冬雨的模样
我穿过每一场雨水凝望
你的身后,官道梁上丰饶的童年

我和你一样想念着我的故乡
想念田埂边零落的连翘
和一些说不出名字的作物
我的故乡早已模糊成
偶尔说起却不再浓郁的方言

2

乡路崎岖，炊烟高远
一担水里照着不一样的童年
月亮是山崖的唇角，笑望一地苍凉
官道梁一定是褐色的，要么更深
比忧郁的着色还重几分
官道梁的粮田，是亲人的身影
官道梁的流水，是鬓角的沧桑
官道梁
诗人的风骨，挥之不去的目光

3

稻谷、梨花或者野槐
可以长在田间
也可以开成一幅幅窗花
荒芜意味着苍老
我们安静地退守中年
没有风景的日子里
也能画出四季的谦卑荣华

放 逐

1

856，从清早起
一趟趟开了过去
还将一直开往明天
我确信
将把它独自放逐于遥远的时代
和那些建筑一起
贴近一场盛大的喧嚣
居室，廊院，影子和影子
循着秋天的气息
耳语或者交谈
我必须远离市井
长时间漫步
凝视每一寸的青苔和阳光

2

风吹皱了
芦苇和我的倒影
石头躺在岸边

我停下脚步
触摸拥挤在苇花上的秋天
这是一个周末的清晨
一个人,微冷

3

时光的入口
种满了蒲草,沉默有序
不像市井
连落在树叶上的尘土
都是焦躁的
我在草丛的宁静里
看风缓缓掀开
远古的篇章

4

在错落的建筑和幽深的院落中
怀想疆场和驰骋的英雄
是一件多么不合时宜的事情
我必须走出去,站在清冷的风里
甄别哪里才是真正的疆场
善恶,早已没有真实的面孔
太阳越来越高,我扶着我的影子
停靠在一棵古老的皂荚树下

第二辑 那一缕光

遮蔽的容颜

它在居所与诸神之间
在追忆的漫游中看见真实
包括祈祷的木匠,思想的河流
词语的歌者成为祭品
成为神圣的使者
遮蔽的容颜在显现
它是自然的,中性的
萦绕在指尖的一缕光芒

那一缕光

当它细狭的身形从指尖渐渐上移
内心的烛火已经点燃
上扬的蓝焰中
有一簇按也按不住的贪婪
隐忍与宁静是你最美的衣裳
包裹着那么多清透的渴望
这一束沉默的光照之火
通过词语的歌唱亮起
跟随它,我看到你
寂静中清冷的面影

灯

照不亮树梢,也照不亮路途
那一点点光摔落下来
倒在过去,满身伤痕

我站在月色里,一点点蒸腾
我站在繁星下,虚无如风
我站在风里,散落成灯

一首诗,容不下任何虚假

没有必要含糊其辞地否认
词语凝于指尖
滴落时,纸上生出褶皱
这是思想流放人间的样子
真实的微光照耀着笔画的空白
它安抚着心灵
这是多么令人倾心的吟唱
望着冰雪覆盖的河流
悄无声息地苏醒,丰盈
躯体上铺满了洁白的光芒

初夏,遗落一地光影（组诗）

1

生活给予我们的风暴
——暴露在初夏的气流里
患病的词语在裂变
逐渐占领了身体的制高点
吞噬那些明亮的部分
寄居的我们无力
高举的酒杯,多么寂寞
欢乐背后的灵魂
它的窘迫,多么寂寞

2

不要打扰独行的人
他们早已将春天看作虚无
或者时光的祭日
他们的热爱
隐忍成了一行淡淡的诗语

3

我确信伤感与孤独有关
地面黑白分明
寂寞的是遗落在初夏的脚步
难以言说的灵魂陷入昨日的深渊
平静瞬间幻灭
替代的是莫名的焦虑与颓唐
我的热爱
坍塌在浓郁的静寂面前

4

雨水滂沱。又一次触及寒冷
黑暗里,火焰
是一朵没有盛开就将凋零的蔷薇
白墙上攒动的光影
是你疼痛却无法哭泣的诗章
词语分裂,在这忧思的初夏

距 离

又一次
从思维和语言的高坡上败退下来
紧跟而来的是持久的心悸与慌乱
无法解释什么
太多的日子，我只是浮于事物的表面
割裂词语之间的联系
并对那些深潜的物质视而不见
这是一段多么艰难的距离
我跌倒在无尽的无知和幻象里

仰脸,触到了你眼中的荒凉

"遮蔽同时存在于光亮的领域"
在山中,更容易看到远方的真实
站在一株飞廉身后
想象自我坠落的样子
多年来,我和那里的草木一起
在同一张灰色帷幕下,相互遮掩隔阻
那日不经意触到的荒凉瞬间重返
我该把它当作假象,还是拒绝
类似的思想与现实一起消融在眼前
我看到前方的那株植物
冷风中,轻轻晃了晃

我熟知这里的每一道小坡

是的,我希望这样
熟知山间的每一道小坡
清风般在那里流连
月光在山顶,虫鸣在草丛
晓日一次次地跳跃
有时火红,有时苍白
有时,半遮着面
凝视中,我记起
萧瑟中飞舞的金色

我看见词语在心底燃烧

孤坐黄昏的日子
总会记起崛围山的秋天
和那一小片染红的山谷
我确信那是我内心的色彩
它，一点一点地
成为黄栌，成为青枫
或者一株无花的火杞
诗句的叶片
干枯的，碎落在地
火红的，轻撞着心壁

你的笨拙,如芒

日光将枝叶送上砖墙
影子移动或变化
你的笨拙
牢牢钉在那里
不能出声,言语的光芒
只开在寂静的长夜
"玛丽亚是乡土气的
把心托付给纸张"
那上面
有青草燃烧的味道

行走或者安静

眼睛深处寄存着破碎的前世
草木、山石,失落的流水
我已无法辨认
哪个是你,哪个又是我

蒲公英丢了信使
泡桐树的皱褶越来越深
朝颜正一朵朵凋零
它们都将成为时光的又一幅标本

这座城市已无真正的河流
更多时候,我们以不同的姿势凝视
眼睛,内心已被挖掘一空

落 雪

当故乡的秋叶开始泛红
白果藏在环扣的黄绿叶间
西北的山肩已落上了细细的雪花
似屹立云顶的老翁,目光掩于暗影之中
不知你是否遇到枝条轮生的冷杉
亦或一场飞扬的雪
你分不清这纷纷而落的
哪一粒是昨天,哪一粒又是今天

句 点

一些词语经由心脉灌注指尖
当它们不动声色地与你面面相对
便完成了一次完整的旅行
接下来的静默或言语
都具备了某种虚无的意义
或连成一片广阔的疆野
或断为一个小小的句点

晨

街道悄然
路灯用光芒相互致意
登山者正仰望
漆黑中闪烁的星星
月亮的清辉里
碎影,足音,诵经声
缓缓而落
农舍陷于山林
亮了,又灭了
远处深霾如海
城市在昏暗中漂浮
黑色树枝上悬挂着岁月
没有水声
只听到落叶
诉说着风居住过的街道
以及街道上抽身而退的身影

紧贴山坡的积雪

指在弦上
冬雪未融,枯枝细碎
遮挡了纯白的光芒
哗哗作响的是
冬天系在树梢的铃铛
城市伏于低处
灯盏连成闪光的飘带
雾霭顶起的天际上,云烟卷曲
此刻,你必须相信
星光轻照着心尖
积雪紧贴在山坡上

薄薄的白霜

1

汾河堤岸的木阶上
铺了薄薄的白霜
小船在桥边
倚着它的倒影
懒懒晃着
几只野鸟悠闲
偶尔，枯叶和人声走进来

2

石阶上的白霜冻了
光亮不足以喊醒山路
它们低沉的吟诵
从一个脚步传到另一个脚步
人，山石，松柏
成了一个个时光的密码

"懂得事物的情致,就懂得了物之哀"

樱花盛放之时
我正蹲在路旁与一簇野草交谈
说山下深霾,说霾里安居的亲人
说头顶的月光和它照亮的山路
还有无法说出的那座人间
熙攘的言语与泪水拥堵了道路
内心生长的那些沉默啊
被冷冽削成了一茬矮矮的冬草

秋天的心事是被风吹起的

1

秋阳,亦灼
此时慢慢靠近
眼中竟些许湿润
日常有太多来不及细嚼的秋况
独步黄昏
无法尽述的思绪缠绕着
此刻,需要一弯冷月
需要与那个安静的自己轻语
风骤　酒残　海棠瘦

2

梧桐的叶子落下时擦过鼻尖
枯黄的颜色里带着褐斑
一些事物的衰亡并不需要告别
有时心灵的两个季节仅仅一步之遥
我时常感到一种割裂的弥散
不痛,却有着清晰的记忆
我俯身,抚触它
一次次的平移跳跃

疾风中的马（组诗）

1

没有进入草原
只是远远望了一眼
内心便多了一份向往
每日将马头琴狂想曲从头至尾放一遍
绿风，踏歌，这些虚像和现实
总会让我想起年龄和心灵的正比关系

2

开始热爱季节的每一张脸
把微笑安静沿着目光转向内心
这些年，一直告诫自己
不要养成一些习惯
不要午睡，不要熬夜
不要把星月看成夜的旧伤
期冀，和诗歌一样
是一把捻碎了的念想

3

多想把童年到现在清晰排开
笔画模糊处用一叶草替代
从汾州到邯郸，再回到这里
我只记着走过了多少年
却不知
九街十八巷的青砖和摇曳的茅草
早已浓缩成了一粒粒尘埃
广府古城的典故和方言
丢在1982年初夏冷清的站台上
从童年到现在的距离屈指可数
而一座古城到另一座古城的路途上
还有多少旧巷青砖

4

落叶，灯光。收拢不起的秋绪
歪歪扭扭地钉在唇齿之后
倾听，或对着虚无自说自话
黄叶纷飞，黄叶纷飞时
擦过脸颊的那一枚
是否和我一样
惴惴不安地看着
这个初冬，小幅上扬的
冷

我的村庄（组诗）

1

汾州东北方向的一个四合院里
居住的不再是我的亲人
我对村庄的记忆
停留在并不浓郁的方言
和一台牡丹牌缝纫机里
没有祖母那样灵巧的双手
做不出画着村庄一草一木的绣品
可每当乡音响起，每当踏动这台机器
我的村庄就会泪水般涌上来

2

站在屋顶，看到的村庄
是重重叠叠的砖瓦
烟囱的黑发飘舞
农人的身影也是黑的
探上墙的几片叶子
在我面前簌簌抖落着尘土

3

故乡的一些记忆
每一次翻开，树都是那么绿
每一次翻开，都像在屋顶俯视
镜头一直加长，让我看到老屋
和老屋里的每一件物品
它们，被尘埃一层层包裹
还有一些记忆放进胸腔
让我于一呼一吸间
依然能摸索到通往乡间的那条小路

4

二月，残雪未尽
村口眺望的人已不在
我只能点炷香，洒杯酒，鞠几个躬
母亲说，带些田里的土回家
我和兄弟一抔一抔掬着
春天，土里就会长出许多花来
它们的名字叫作村庄

5

青砖的院墙老了
露出裹了泥的麦秸秆
这个方正的四合院里
有兄长难忘的童年和少年

他低声复述着
祖母生前的一些话
屋顶，烟囱安静

6

四合院
裸露在空荡荡的风里
临别，照看房子的老两口
拿出一小袋晒干的红枣
村里缺水，红枣结成了酸枣的模样
青瓦错落，身后没有送行的人
只有喇叭里的乡音在回荡

多年以前

灰烬的余温散去
皮影般的影像,微笑或哭泣
这些流年的编码总是居于高处
等待你的提取
生命中的增删起起伏伏
偶尔的颠簸也会充满快感
其实眼神可以清澈起来
遥想农耕时代,村庄和田野一样绿
风声似童音
浮躁,安静,可说不可说的
随内心的风,窗外的风
一并散去

光

1

你无法预知它是否还拥有明媚
更无法遏制那越来越深的漠然
深冬,一些暗色的物质
无限接近着我的身体
然后蜷曲成了一枚枚枯叶

2

它,居于掌心
拥有生命,智慧和情感
拥有着我的万里河山
它静寂地望着我
就像我昼夜默默地望着它

选择，或被选择

从黑夜离开
头发里藏着风干的花苞
多少的欲言又止裹于其中
风沙掠过的嘴唇上布满了裂纹

当窗子推开
她被诗句选择，满身尘埃地
朗读着那些灵魂的记录
记忆化作一抹光亮
穿越密林，朝地平线涌去

光 影

当太阳露出眉梢

地面深浅不一

低洼里盛着你黑色的影子

它弯成了一只飞鸟

天空明亮

沙石伫立在风里

我在镜头外

等待雨的点点光芒

中 年

1

高不过四号宋体汉字,深不过一盅酒
匿于伏地的枯草间,与蝼蚁为伍
高不过一本书,高不过一株兰草
尘埃浮在半空,高过一盏路灯
高不过黄昏时它的光芒

2

十多年前的管涔山冬游
没能成就一段缘
却让天池的水住进了我的记忆
冰冻的湖上,一串串水珠
定格成了心中一簇没有点燃的火

3

这些状物的词句,经过指尖时
只在心头轻轻一掠
这就是日渐凸显的中年模样了
在它面前,生活就是扔出的一枚石子
湖面跳跃几下,便恢复了其惯有的神态

有些事情，你只能安静地等

有些事情，你只能安静地等
比如春风吹过枝头和街巷
如果等不到
你可以怀抱广袤的夜空
一颗一颗星星地数

有些事情，你不能往心里放
它不是太轻就是太沉
拧开内心的阀门就溜了号
初春的下午
一个人，一点点拧转着灯的亮

碰 撞（组诗）

1

我看到的诗歌
表情大多是放大的
每一条纹理，每一次颤动
走向交叉，平行或是重合
假如它们偶然碰撞
请不要怀疑
在不同时间里的这份默契
终有一瞬，你将不再孤独

2

觥筹交错中，摇晃呆望
把灯光星月一并称之为水色
只是水上
无雪可消，更无春息
每一年都需安抚一沓过渡的时日
等待无厘头的光
慢慢回归，沉落

3

暗色的物质都是经过渲染的
有意或是无意
譬如生命中的疼痛
就像一根绞绳
可以放松,也可以勒紧
握不住时,就彻底放开
让它回归原来的模样

当一切平静下来

1

只是一个镜面
面对它,那些渐渐长大的安宁不算什么
它没有光亮,夜一般呈现在那里
你可以冲着它笑或喃喃自语
偶尔的失神和心悸也将慢慢逝去
然后,每日看着一些静物
一点一线,一个图形接着一个图形地画
不说怀念,更不说爱

2

雪后的街道泥泞
沾染了裤脚
这场雪降临在立春
就叫它春雪吧
春天远比现在温暖很多
你看冰还是冰
柳枝还是冬天的模样
雪花慢慢落下来
落在过往,今天

夜

城里的月光不及灯火
远方静寂
一年的笑与愁
滴落在夜的另一侧
听不到声响
风，吹在
滩涂踱步的一只白鹤身上
也吹在我的面庞
夜深了
影子流连在山那边
湿漉漉的故乡

第三辑 失语者

黝黑的缄默

黝黑的缄默在弥散
败退的何止你的发际
还有词语里的影子和月光
落叶中,哪一朵是没有风干的泪花
掌心里还有没有绵延的春和夏
鸟儿衔着断枝,自由筑巢
看不到完整的天空,只知道
山是它的心脏,水是它的血脉
我们和其他生灵一样,被它圈养
又充当着彼此的镜子

一切只是独白

唯有微醺时
才会紧紧拽住月亮的影子
如此渴望交谈
说辛波斯卡,说云水和她的薰衣草
这些蒙尘许久的词标本
我将以不同的方式理解和描述
冬日的篝火,洁白的雪花
生命中遥遥相望的影子
剩下的虚无
是无数个写不出的字母
鸟雀衔着音节飞进了黝黝的山林
风熨平了独白时的笑容
"交谈如此必要,却被永远搁置"

失语者

1

暮霭安详
山川树木朝着一个方向奔去
我不止一次地穿行在这样的场景
一些背影,渐行渐远
当天空还原为单色
你会不会看到
森林和海上的白鸥
安静时,谈些什么
很多时候,我就躺在安静里
看安静的你和我

2

面对漫卷的落叶
还能说些什么
和秋天交谈
总是词不达意或是心神游移
梦境和白昼一样喧闹
风景淹没在我的眼神里
白霜停在秋天的额头上

浮 世

它早已泛化成风景
我们无数次经过它的光影
蛰伏于那些虚幻的色彩
在它的掌心里不断缩小身形
它可以随时坍塌
与灵魂一起悄无声息地往返
人间,天堂

沉 默

一座房子放不下我们的躯体
却可以放下很多
诸如此时,你庞大的安静和笑容
不想说太多的痛
表情暴露了它们的经纬
沉寂于心的物质啊
就是流水湮没的灰烬
吹不起来,也飞不走

无 题

穿行于城市的水泥丛中
冷暖不过是一种知觉
如同人与人之间的尊重信任
如果非要一个清晰的表述
只能说
它存在,并且依赖于我们的心灵
你无法穿越心物互动的世界
就像无法穿越孤独

时光是白色的

温壶清茶,望着墙壁慢慢倒转时光
满眼的静物,包括蛰伏了一冬的自己
时光,是白色的
先占据你的心,然后是皮肤头发
该把情感寄于安然的事物
比如路边的一小片树林
比如一沓干净的宣纸
比如坐在满是阳光的屋里
听女儿朗读一篇刚刚写完的文章
时间是把利器,削减着生命的厚度
我盛大的思恋和不舍
都只是时光丛林中的一小部分
它们自然而生,自然而亡

末

远山是天空的泼墨
风挥毫
森林,羊群,溪流
你无须诉说什么
行走是唯一抵达的方式
途中,你可以回望
也可以取一瓢水
任墨迹晕染

门

任风暴送来
每一枚雪花,每一朵火焰
每一条黑夜撕开的伤口
夜,无声地躺在地上
我们推开一扇没有上锁的门
风吹着晨曦
树在生长
长成火光,海洋,雪花

此心安处

草地上
有几株未开的蔷薇
猫儿斜卧,它眯着眼
风吹着口哨经过

词语的平面上煮酒烹茶
用句子的断枝构筑内心的风景
有时,也会遇到和自己一样的人
我们对视,却不言语

思乡曲

我的家乡再小
也有遍野的春风
绿,破土而出
我的家乡再旧
也有拔地而起的高山
赋予我宽广胸怀
我的家乡再苦烈
也有环膝亲情
温暖被放逐的灵魂
残垣断壁,流亡古器
奔涌的江河里
演绎着一段段无言的沧桑

沉思曲

初雪的微光通往前方
一条没有尽头的路
她无数次想到逃亡
只是越陷越深
就像这惆怅夜色
由西至东,由东向西

欲 望

欲望凄楚
我的躯体羸弱
腾不出更多时间滋养它们
因此,我对生活持有长久的歉意
每日需借几两诗句
高温时用以冲凉,低温时用以取暖

时常在生活的真空中跑马
褪不尽城市的味道
体内成千上万的欲望
幻化成闪亮的星空

我承认我拥有的白昼
并不是我渴望的,却甘愿终日沉溺
我承认血液中循环着
女人的自私、虚伪和一点点恶
却又由衷地热爱朴素和善良

孤独之上

1

从清晨到暮晚
往返于这条熟悉的路
植物绿了黄,黄了绿
依旧叫不全它们的名字
成簇的花蕾不时提醒我
春,已深

2

横竖撇捺中起起伏伏
孤独之上
盛开着圣洁的花
我走在它的叶片上
如履薄冰

盐粒或者血液

空气很热,胸腔很热
我听到
体内结晶的声音比冬霜还美
给梦境刻上一个标签
某年某月,某日某时
遇见你,在月亮体内

密 码

从窗边走到门前
又折返窗边
找不到出去的密码
青苔一寸寸蔓延
时光也沾染了喑哑的绿色
门,一直虚掩着
雨,一直在下

单行线

在柳巷

1991年—1994年
在柳巷,像一个寡言的旁观者
小心走动,并反复告诫自己
这里不是我的领地
必须拒绝建立一切亲近关系
我努力在一连串的数字和公式里
打开又一个黎明

桃园二巷

1984年—1991年,1995年—2001年
前面七年,我居住在桃园二巷的杏林
后面七年,单位的住所在这里
我和此处一定有着什么渊源
只是这繁冗跌宕的十四年
我既没见过桃园,也没踏进杏林
后来,我一直在路上
注定成为一个被绑架的人
看着昼夜,从左胸口缓缓而上

第四辑 词语的边缘

词语的边缘（组诗）

1

词语的边缘，人迹罕至之处
是我将要抵达的，残叶落下时的春天
生活深处，一些物质开始浮现
混乱，或者厌倦
或许
这一切都将不是词语的内涵
一些阻碍，就像眼前的这场雾霾
我不得不停下脚步
开始修正体内的语病
渴望那里能长出一树的春天

2

枝条泼洒出内心的水墨
风衔来春色
每添一笔就渗出一珠红来
腊梅，山茶……簇拥而至
泉声清冽，楠竹遍生时
雨水亦紧紧相随

3

弯曲成深色的线条
风霜里藏着时光的刻刀
可以临摹或者默想
偶尔，鸟鸣落下
落进词语的冬眠

4

水里的建筑，风情更重些
可以侧目，倚风而立
水面微漾
初春。料峭中生出薄暖
那湮没的终究不够坚韧

5

相对于晨曦
我更喜欢闲坐河畔
看夕阳慢慢变暗
逆光中感受万物
找一个可以接近的灵魂
用默然交换思想
似在人群之中，又似不在
一个沉思者
指间飘散出缕缕的烟圈

6

对事物的怀疑
包含内心太多的情绪
它以破坏的方式敲开你的身体
开片釉般成为装饰时
簇拥在背后的物质
将呈现出一副滑稽的面目
供你消遣自己

7

对于周围的事物
你只可能看清晰一小部分
其余的,将随语言变形消逝
当信仰和期望离你而去
你必须踏过词语的碎片
与它们一起躺进裹尸布里
困顿的苦痛长成了黑夜的荆棘

8

一场秋雨,淋湿了自己
心底留下一堆无法滤尽的石子
天空亮过几次
这样的时光,于我来讲
是一个倒立的分数
是悬在水中的弯月

度

当视线落在前方
树木人群倒退成模糊的影像
当视线落在高处
枝桠鸟鸣成为生活的背景

当关闭灵魂的入口
一些物质执着地沉潜
我们表情单一,内心纷繁
我们肩头沉重,双手空空

当陷入比夜还深的市井
心跳是远山的钟声
血流是峡谷回旋的风

现　场（组诗）

1

十几册书,打包在纸箱里
需要一段时光的流转
作为证物,它的身后
将有多少个词语——站起
与它对峙。影子的黑
终将坠落在空白的纸上

2

他正努力嚼着手中的食物
残渣落在衣服的皱褶里
他头顶左侧曾有鸟雀经过
一排重叠的足印早已翻过头顶
听不到鸟鸣
也听不到眼前这位老人的声音

3

废墟,苍凉的孕育之地
灼痛中夹杂着呐喊的欲望

如果可以，那些坍塌的建筑
会不会像久卧的病人一样
重新站立起来

4

某村。一个四合院的东房
一桌，一椅，一床
屋外的炎热
正试图治愈时光的寒湿症
这是一家自建的养老院
院子上空四四方方
交谈之外，唯有轮椅与双手
低诉着一个人
十年囹圄后的风烛残年

5

当焦虑和焦虑挤在一起
我放慢语速
一遍遍重复着那些话语
生怕某个干燥的词掉下来
此时，冰和水都是多余的
它无法让标着金额的老房子
顷刻凉爽下来

6

它们,是纸质的
怕水,也怕火
我每天查看,辨认真伪
并提醒着它们的主人
这是一个"纸器时代"
它们,告诉你
你来自哪,你又是谁

7

破坏来得更容易些
譬如推倒一座旧了的建筑
丢失了白昼,夜在奔跑
亲情分崩离析时
人脸生出铜锈
伸手擦拭时,冷冷的黑
落下来

8

一位90岁的老人
从没上过学,轻度白内障
却在很短时间内完成了所有的签名
她述说老伴生前读报时的面容
和执笔的右手一样
树皮般打着皱儿

屋顶,墙壁开裂
门窗,锈迹清晰
一切都保持着多年前的模样
我站在开敞的阳台上
太阳,是新鲜的
它正照在晾晒的一床棉被上

平安扣

一缕青黛
映出旧日音容
尘埃飞,百年千年
该如何落,如何定

香雾搅动了流年
初雪在指尖
入心经,朱砂泪

屑香易冷
还是退守心田
静,或守望
冬渐深,月盈缺
一池流水,碎碎念

存 在

是的,我也和你一样
必然经过一间漆黑的房子
经过自我,经过华兹华斯和雪莱
还有一些不相识的名字
他们在屋里高谈阔论
说着我听不懂的方言
一个批判过我的诗人
正与马车、水仙谈笑风生
我慢慢走近
不出声,不抱怨,也不嫉妒
我清理干净眼睛、耳朵和双手
触摸这路途中的一切

封面上的女人

安静或躁动的
与自己相处，语言沉闷啊
这个印刷在封面的女人
死去七十多年了，目光依旧熠熠
她经过夜与昼，经过雅各的房间
绕过灯塔，远航到现在
我生活的世界
没有人像她一样
无拘无忌，侃侃而谈
谈那些夜里才出来走动的灵魂

秋风起

我们之间相隔了多少个台阶
跟随踢踏的足音
靠近你逐渐拉长的影子
树叶间经过的该是秋风了
事物和季节一样,并不泾渭分明
忽略该忽略的,才是生存之道
所以,我的思维和面孔一样
越发粗枝大叶起来
不断遗漏,遗漏

具有风骨的事物（组诗）

1

具有风骨的事物往往低调
恰如晨昏守候路旁的树木
隐忍着这座城市的霾雾和焦躁
一场经过的雪并未带来更深的寒意
人们的身躯浸淫于阴影之中
灵魂碰撞，火光寂于繁华身后
发出低沉的开裂的声响

2

那些生活的枝条
干燥，易折
褶皱中灌满凉薄
当她说，这尘世唯独没有春天时
湖面安静下来
沉默过后，还是要提及春天
轻轻经过你的乡间

3

天空飘过一抹朝霞时
路上灯光依稀
影绰中生出些幻象
你无法追寻
无法纠结于转瞬即逝的事物
颓废和苍老侵蚀着眼前的一切
那些越来越老的树干上
又将长出新叶
覆盖它越来越深的伤痕

4

我们的沉默一直在生长
风折断在灰色的墙上
和落花一起翻滚的
还有一些缥缈的幻象
陷落于月光的密林
幸福和遗忘宁静流逝
言语溃散在田野的漆黑里
内心空旷
我们相依为命在这字里行间

放大的空白

许多事,九月前是要完成的
譬如,少年时的绣品
中年时父亲的毛衣
青年,遁于某处
它放大的空白
时常整夜占据着我的梦

这些年
我已经学会把一些话留给自己
慢慢咀嚼
一半,质地柔韧,如晾干的苇草
一半,被一点点筛成了过往

蒹葭心

1

其实,除了山
我还爱着
那些匍匐于泥土之上的植物
它多像尘世的你我
俯身,相对
无言的苍茫如脚下的这片草场
秋风过早地吹过面庞
那深一下浅一下的痕迹烙上心头
当时间风化了关于尘世的记忆
那些影像将成为我们唯一相认的凭证
所以,今天起
让我进入你无垠的视野
就像屋顶长满青草的空房子
衰败的躯体上仍旧生长着蓝色的梦

2

不能走近
怕自己不忍离去

怕弯成风中的你
秋天来了
我一直没有停止沉默
没有做好热爱这个季节的准备
只是有些时候
我也挺拔在自己的水域
褪却层层腐叶
饱胀出一张芦花的脸

曦

夜的密林如山
少年的前额映照着流水
失语的唇色,秋天的指尖
她躺在水的梦里,迎接太阳
我一次次迷失在这样的梦境
不愿醒来
那日,她走过少年纸上的故乡
明亮的窗口掩在时光的楼裙之后
她触到青春的光芒
只那么一瞬
就消逝在了黄昏的路上

暮 色

越来越多的日子
我将踱步汾河岸上
走累了,就倚石而坐
像往常一样凝望黄昏的云朵
它们涨红的脸渐渐消退
隐匿成越来越深的山色
记不起一座桥的名字
支离的影像和风搅和在一起
偶尔的落泪
不过是一小截时光经过时的牵痛
植物茂密如初,我依旧没有认全它们
月光下,相扶而行的是我越来越矮的影子

断弦的耳朵（组诗）

1

梦里，我无法伸开双臂
只有音符在你的眼中起伏
经过长夜，与晨曦一起
停在门前的那棵梧桐树上
像秋天留在枝头的两枚果实
我紧咬双唇，不能言语
生怕一张嘴，它们就掉落下来

2

歌声倚在风上
独坐黄昏
河水的蓝，漫过
岸堤，树梢
和越来越深的远山
仰望
有大朵的雪花落下

3

我的房子不够大
只能放下一些小情绪
我不停地搬运它们
厨房，客厅，书房或卧室
舍不得丢掉的
压缩打包成文字
就这样一行行累积起来
待到夕阳落下时
我就可以笑着一页页翻起

4

云朵看着看着就白了
阳光浓烈，空调的冷气张扬
人，睡或醒着
你和你的影子面对面说话
日子如常，车水马龙
药草在水中
涩涩中泛起青草的气息
昏昏沉地，不知该怀念些什么

5

酥油灯里投了崖柏末
烛火上方热感强烈
回神时，烛台里

除了擎起的一小朵光
再没有什么
雨声,越发清晰

6

此刻,天空是均匀的灰色
陷入喧嚣的人们
坐在各自的世界里
怔怔中,天色渐暗
风吹瘦了树影,也吹瘦了道路
失去表达的内心
不时撞进忽明忽暗的月色里
天空,似有小朵的云飘过

多，或者少

你有笔墨短章，飞花冰雪
你有吹响的芦苇，天上的明月
你有佳人烹煮，词语护守
你有你的城堡臣民
我与我的人间，停靠在北方
纸制的长梯之上

手心向上
哪里是远山，哪里又是流水
哪里有你的鲜衣驽马，青衫绿袖
没有叶落的城池握不住清风
没有清风的烛火里碎不出微澜

日光之下

深一下、浅一下的是光影
是一枚石子投在水上的涟漪
词语背后是按捺不住的一粒星火
是寄在枝头的一缕清风
是树梢悬挂的一弯明月
虚实间，轻浅的笑

孤山下缓缓而坐
寒暑往来中，巍峨的是你的目光
词语所及，心之所及
轻描淡写，促狭宽阔
于缥缈处私藏
白云一朵、深山一座

春 初

河流如何在纸上流淌
风怎样将绿意梳理
我的春天
早已站成一根根直线
徒步时,雪在地上画着格子
裸露与半掩
都如同我今天的心情
唇齿后找不出一粒饱满的词

边 缘

如石砾滩涂之蚁
如山间迎风的蓟草
将言语和想象
交与苍穹
山水广阔,与影相随
此刻,冬夜
燃一盏明月
相望。入茶
卷曲或舒展
月色拨乱的时光上
火焰流水般起伏
晃疼了这个清净的季节

镜 子

镜子里
有路,有尘埃
不说爱
镜子里丢失了饱满的唇
不写信
信里装不下太多的心情
坐在镜子里
不涂指甲油,不遮掩指尖苍白
前后都奔跑着宽敞的路
我坐在镜子里
点燃眼睛里的眼睛

佛·人间

> 佛是过来人,人是未来佛。
> ——题记

1

时间的犁
掘出疼,麻痹,苦和甜
感知的绳子在地上蜿蜒

2

一切进入眼帘那刻
便织就了一段缘
针脚深深浅浅

3

有无间徘徊
聚散中行走
路旁开出一朵朵花来

包 裹

行走中总会丢失些记忆
在苍老爬上容颜之前
投递一个包裹
地址姓名空白,装进一句话
"嗨!我在不停地追寻风的足迹"
脸部棱角越发分明
内心越发柔软

风 景

牛筋草与狗尾草窃语
残雪一点点透明着
灰鹊俯视树下经过的你
我把手伸向深邃的天空
一切从那里诞生,又从那里开始
生活的碎屑
终究成为一道风景
当你以漫长的沉默凝视
面影融于山体,山体又融于天空

人间最赤裸的风景莫过于冬天

我遇见的苍耳和燕麦
零散地生长在北方的岩土之上
不远处,波涛正冰冻成厚厚的霜色
或许还有芦苇和矮草
没有了绿叶和花瓣的遮挡
人群如蚁,风声嚣乱
我站在一块发白的石板上
看水色,渐褪渐无

靠 近

必须让大滴的汗珠流下来
在纷乱的步履里
与清风相对
必须从黎明的沉静里走出
沿着山路
渐渐靠近山顶
靠近高处的那个自己

遥想山樱之时

梅枝点点簇拥而入
渐起的春意,悄掩的清幽
心上有我无法描述的欣喜哀愁
小小地裹着,裹着
这一朵朵未及绽开的春梅

将深情寄于一株欧月
你的笑容里有三月的味道
天门冬、迷迭草妖娆
你无法辨识
这点点化开的风情
究竟有多少是你忘却的最初

茑 萝

当地面渐渐隆起
绽裂成一朵茑萝花的样子
当日历泛黄,一张张飘零
我们不再谈论诗
它虚无寂寥,像此时的天空
没有一丝云彩,鸟雀安静
我总是在冬天怀念温暖的春夏
这些年又开始热爱秋天
只是还没来得及去看那片金黄的树林
对于未曾拥有的事物
人们总是有着过剩的热情
就像我追寻着这个未知的秋天

荒芜中的茅屋

年华未暮之时
用青山，草木，四季的风
装点这座茅屋
一笔一笔勾画它的纤细或坚韧

虚寂里
你终须与那些拙朴之物相对
褪色的桌椅、茶器
蜿蜒小径上相遇的灵魂
屋檐很低，枯枝的间隙里
苔痕，斑驳

背 景

当你进入风景
浓缩成画面中的一点
道路开始延展
转身或回眸定格在某个瞬间
成为故事的开端
此时,光线轻轻靠过来
为你打开空白的今天

良 景

每一处景观
经她指认
瞬间呈现出一种意义
依崖而生的野菊
是青山的捧花
是供养在岩石皱褶里的欢笑
曦露裹着虫鸣
颤动在红黄的叶尖儿
我一度将此
看成了深秋滚烫的泪水

漫步者

一直在离车窗最近的座椅上
想捕捉的场景迟迟未到
先是慢腾腾行走的老人
然后是驱动三轮车的中年男子
再是一位闲步的女子
她正听着电话
脸上的笑意还未散尽
恍惚间
我将她看成了正在步行的自己

包 括

想把光芒一朵一朵
放进每一处罅隙
包括狗尾草狭小的叶间
包括言语中的每一个顿点
包括眼帘间的滴滴忧伤
物影清晰,步履硬朗的
除了我的少年和青年
还有推门而出的黄昏
你看,它的笑
盈盈地伏在秋日寥落的枝头

梦或现实

生活如同一只铁桶
陷于其中
与无数个我摩肩接踵
用力踮起脚尖
可怎么走都又回到了起点
曾经忽略的事物
开始撞击你的神经
你须顺势而为
思维,语言,每一次的转身

冬日随记

1

鸟巢
这个冬天唯一的风景里
有渴望的温暖和飞翔
它匿于深处,与白云私语
我要去添一把软草
治愈因它落下的
怀想天空的病

2

将滤镜调至往昔模式
霾雾成为你身后的背景
深色的山体与树枝
一起落在纸质的平面上
供你联想
将类似的静物当作同类
天空,是远方的海滩
月光铺在水上
那么清,那么淡

想象着

把人像粘贴在远方
看泥色中赶路的野兔和青蛙
开满山坡的牛羊还在慢慢嚼草
树叶扬起又落下,潺潺而过的水声
是说也说不完的情话
假日,空闲的我把一个梦
反复地梦了一遍又一遍
干净的天,干净的山,干净的树丛和荒草
远离城市就远离了喧嚣,远离了硬生生的情怀
一再模拟柔韧的姿态,就像迎风而动的草
在杳无人烟处放出内心的安宁
月光从山顶飘落,延伸到你的眉梢
原来,夜晚也可以想象成草原
只有身边的鼾声,不时提醒着我身处何方

1950

外面的阳光有毒
遮阳帽,长袖衫
树荫倾斜,影子很深
人走不出去,也走不进来
1950,不温不凉
桌上棋盘,将帅各守一方
没有硝烟更没有战场
一场风划伤了脸
不疼,却有些痒?
1950,安静的时光
一个人端着一杯温润的茶

一个人的好天气

彻罗基,一只猫的名字
草丛里追逐鸟虫,晒晒太阳
景象模糊或者清晰地走来
时间雕刻在照片里,记忆落在墙外
上午茶,柠檬水
没有内容的时间和地点
没有鞋盒子和化妆品
窗外,铅笔画似的人群
划不伤一张脸
巧克力的地面上没有风的吻痕
柳枝的绿藏在心里

春 逝

风拨夜弦
借一壶春酿
我们在长短句的铿锵里
褪尽虚伪
当月光隐去,我们走出文字
仿佛相识了一个世纪
当春天的哨声响起
怀揣一小截时光
就像灵魂长久地住进了心里
其实,春天就是心底浮起的词语
可以成为一句经典
也可以瞬间遁为虚无

寒 露

还没有学会交谈
夕阳就落在了嘴唇上
还有烟雾里的咳嗽声
颤动着心尖
我看见风
从一枚树叶滑到一枚树叶
从他的指尖滑到她的指尖

雨 水

雨在隔年未落的叶子上
顺流而下，聚成更大的水珠
那小小的圆里
山林正一厘厘地绿着
轻声走近
想把它定格成一帧影像
放进时光的折页里
你来时，就可以打开
对你说
这是我们一起走过的春天

我喜欢你是明亮的

清晨的雾总是试图遮蔽明亮
譬如绵延的灯火,圆融的月色
一座山,挨着一座山
相望的语言里没有花的开落
越出迷雾的光芒一朵一朵
从这个树梢,飞往那个树梢
世间,我们无法拥有的事物太多
甚至无法坚定地说出内心的热爱
当稀薄的春风吹过
晨曦刚好落在你的肩上

小对话（代后记）

唐晋：为什么会有这一组诗？

合心：这些年，诗歌写作已成为我个人生活不可缺的部分，也是个人通过外物进行内观的一种方式。而这种内观，又促使我更加热情地投入生活。所以，诗歌于我，首先是满足个体需要。

唐晋：印象不错的话，近几年你创作诗相对集中，其中有一些读后令人比较难忘，比如《断弦的耳朵》《边缘》等。你喜欢短章，句与句也不是很长，一些体察和感怀说到即止，笔法很是节制，却给读者留下回味的空间。或许这便是你的风格。显然这样写也是一种冒险，除非仅仅提供给个人心情记录，因为我们知道，操作短诗殊非易事。关于这个方面，你有什么体验？

合心：感谢唐晋先生对这些诗行的阅读和关注。是的，我一直在写，行走中、阅读中、谈话中都会产生些许悸动，尤其阅读过程中，与文字中某个灵魂的相遇，我必须诚恳地记录下来。诗歌阅读和写作中喜欢短章，喜欢词语的张力、诗句的遮蔽或留白，这也是选择诗歌这种文体进行写作的原因之一；感觉明晰和长篇的表述，对文字更多的是伤害。诗歌给予写作者的空间类似绘画，是巨大和深邃的。至于冒险，我不担心，无非是废稿多些，就像画蛋。

唐晋： 我发现你似乎偏好一些表现事物非正常状态的词语，比如褶皱、开片、坍塌，还有搁置等等。对于诗来说，它们的包容性很强，值得狠狠挖掘，并且能创造出不凡的诗意。我想了解的是，你的诗中时常出现这样的词语，是源于本能，还是力量使然？

合心： 嗯，这些词语反映的恰恰是现实生活的正常状态。没有谁的人生一帆风顺，生命一直在裂变，思想一直在裂变；面对变化，有些东西必须沉寂搁置，或者坍塌重建，当认识到生活永远不可能设定为想象的模式，心会宁静下来，宁静的心具有强大的观察力。对这样词语的偏好，应该是生活的点点滴滴渐渐沉积于内心的颜色，是力量使然。遗憾的是，对于这些词语的挖掘，还远远不足以表达出生命的真实与光彩。

唐晋： 接着上面的话题，我还发现你在诗中喜欢用动词。有的地方，动词形成组合，一波一波产生效果。有的地方，动词嵌入某种氛围，形成比较独特的语境，或者将外物缩微，或者彼此转换，或者跳出到更远处。你是用手写还是用电脑键盘敲字？

合心： 诗人，是灵性者的事业。诗歌写作中，动词的准确运用，会弥补个体灵性不足的缺陷，因此在诗句中锻炼动词的运用能力，渐渐成了一种自觉性，它们在一点点地成长。感谢并欣喜您看到了它们的成长。至于它们转换是否贴切自然，是否形成了一种独特的语境，读者比我更了解它们。作为个体，我永远是狭隘的。

日常基本用电脑写作，喜欢边思索边倾听指尖敲击的声音和速度。

唐晋：《紧贴山坡的积雪》显示了你足够的能力，平稳的叙述过渡，有温度的结尾，宁静致远。它肯定有一个比较奇妙的诞生。我见过你弹奏古琴时的场景照片，这一首的起句"指在弦上"，难免使人联想到"若云声在指头上，何不于君指上听"。

合心：谢谢您对这首诗作的欣赏认可。其诗绪，源于雪后登山途中。山间积雪，雾蔼之城，弦上之音，心尖的光芒……依然是由外到内，再经词语付诸于外的过程。万物皆有灵，有相通之处，这些都是生命的现时状态。我你他，都在其中。这些，恰好契合了"若云声在指头上，何不于君指上听"之境！

唐晋：《"懂得事物的情致，就懂得了物之哀"》这首，有物哀情结。标题出自本居宣长，他强调"我"这一主体要与"物"这一客体建立起共振与同情的联系。你的诗作正是如此。因斯而觉，或许也应该给你的诗作与俳句建立一种联系，至少，你的诗作怀有俳句之心。事实上，这首诗也有着日本物语般的诡异。

合心："物哀"，是寂，是美，是无常，是本居宣长提出的文学艺术理念。初遇此句是在茶歇间，浏览某个公众号文章时，内心被它狠狠蛰了一下，于是试着查阅并理解这种理念，才有了后面的句子。茗茶与登山，是属于我的"静与动的旅程"；旅程中，阅读和思索总有瞬时的碰撞：眼之所见，诸如山石、野草、樱花等物象和"内心构筑的人间"交织在一起，我深陷其中。这，除了用诗句，真不知道如何去表达。说到俳句，日本一僧侣云："怀着平静心情长眠于新生的绿草丛中"，如果说到联系，这，确实也是我内心的愿景。

唐晋：你在诗中提到辛波斯卡。一段时间内，身边很多人都在读在谈论她的《万物静默如谜》。你对她的作品怎么看，你觉得你们有相似的地方吗，比如诗句中体现的某种坚韧？另外，你平时还看哪些诗人的作品？

合心：辛波斯卡的诗，是朋友荐读的。《万物静默如谜》和《我曾这样寂寞的生活》两本诗集都读过三遍。初读没多少感觉，回馈阅读感受时亦作如是观；而对于荐读理由的困惑一直存在着，于是有了第二次、第三次的阅读。当端然于诗集前，执铅笔头一行一行静读时，才渐渐发现：我们都是以类似自语的方式传达着生活感受，我们都喜爱并习惯着冥想与隐藏，我们对诗歌有着类同的执着与坚持。这，或许就是您提到的诗句中体现的某种坚韧。她的诗句，包含了太多我无法甚至无力说出的思与想。譬如：

"全都是我的／但无一为我所有／无一为记忆所有／只有在注视时属于我"

"我们之间的熟悉是单向的／进展得相当顺利／我知道叶片花瓣穗子球果茎干为何物／四月和十二月将对你们做些什么／尽管我的好奇得不到回应／我还是特意向你们其中一些俯身／向另一些伸长脖子……与你们交谈是如此必要，却不可能／如此紧迫，却被永远搁置／在这次仓促的人生中"

写作中曾引用过她的诗句，我和她之间的距离是显而易见的。但，还是要感谢朋友知己般的理解、荐读和期望，同时特别感谢唐晋先生的细致与发现。

日常，读卡夫卡、伍尔芙、特朗斯特罗姆、海德格尔、竹久梦二，还读生活中比较熟悉诗人的作品：潞潞、李杜、雷霆、唐晋、温建生、金汝平、宋旭、宋耀珍、孔令剑、冬箫、陈小素、赵襄敏、木头、悦芳……只是，其中一些诗人的诗作更新渐缓，他们正默默进行着跨界创作，他们在散文、小说、诗剧、评论等领域上的成就，也是精彩的。

唐晋：《词语的边缘》可能是你这一阶段很重要的诗作，它集聚了你几乎全部的优点。我想结合这首诗，请你谈谈你对"理想的诗"的认识。

合心：很长一段时间，和词语纠缠着，徘徊在词语边缘，想看得更真切些。它们总以虚无的形式存在着，我们常称这些词语为诗歌、知己、爱人，称这些词语为文学、哲学、道德、政治和宗教……这其中，有很多并不懂得，运用也不十分准确，我们只是偶然相遇。它们在指尖分解、凝固、再分解，以别于过往的面目填补着时光的裂痕，有的被认出，有的消散在风里。

理想的诗，必定具有拯救和通灵的作用，它能倾听感受万物，它赋予生命朴素与真实，是照在心尖的一束光，是冰雪覆盖的河流，是内心缓缓燃起的火。

2017 年 7 月